아가미가 그을었다

황순희

부산에서 태어남. 1983년 《현대시조》 지상백일장 장원. 2018년 전국시조백일장 장원. 2019년 《시조시학》 신인작품상. 2022년 우수출판콘텐츠 제작 지원 사업에 선정. 한국시조시인협회, 오늘의시조시인회의, 부산시조시인협회, 부산여류시조문학회 회원.

lemon4916@hanmail.net

아가미가 그을었다

—

초판 1쇄 2022년 10월 20일
지은이 황순희
펴낸이 김영재
펴낸곳 책만드는집

—

주소 서울 마포구 양화로 3길 99, 4층 (04022)
전화 3142-1585·6
팩스 336-8908
전자우편 chaekjip@naver.com
출판등록 1994년 1월 13일 제10-927호
ⓒ 황순희, 2022

—

* 이 도서는 한국출판문화산업진흥원의 '2022년 우수출판콘텐츠 제작 지원' 사업
  선정작입니다.

ISBN 978-89-7944-814-6 (04810)
ISBN 978-89-7944-354-7 (세트)

책 만 드 는 집　시 인 선 2 0 4

아가미가 그을었다

황순희 시조집

책만드는집

시간이 멈추었다

촛불이 일어서면

빛의

푸른 날개가

어둠에서 퍼덕인다

오늘도

설레는 아침

아가미가 그을었다

2022년 가을
황순희

| 차례 |

2부

3부

4부

5부

1부

오미자

햇덩이

베어 물다

타오른

그 입술

입 안 가득

고인 별이

왈칵 선혈

토해내면

귀 닳은

바람의 뼈대

몸을 푼다

난산이다

투구게*

또옥 똑 멎지 않는 푸른 피 돌려주오

흰 깃발 펄럭이며 부디 결박 풀어다오

심장에 뚫린 구멍은 자궁까지 관통이다

만삭의 몸 못다 풀고 발목이 잘리었나

호흡은 잦아들어 돌아갈 수 없는 그곳

죽어도 벗지 못한 투구 일어서라 전사여

사는 건 늘 목말라 바다를 그리는 일

변하는 세상에서 변치 않고 살아온 죄

나 비워 네가 산다면 이 투구를 바치리

* 투구게의 혈액이 백신 등 의료 시약 원료로 사용되어 개체 수가 급
감했다.

옷의 반란
－코로나19

걷는 법 눕는 법을 잊은 지 오래이다
빛 갇힌 터널 속은 출구도 지워진 채
칠흑 속 길 잃은 별자리 시침들이 흥건하다

툭 불거진 어깨뼈 위 걸어온 날 비틀대다
죽지 꺾인 날개들의 검붉은 저 침묵들
물 먹는 하마 한 마리 와락 물만 들이켠다

허물 벗은 하루하루 외출을 꿈꾸는가
녹슨 햇살 한 줌이 무작정 그리운지
외마디 구호도 없이 스크럼을 짜고 있다

분홍 행주

"아파트 분양합니다
이 번호로 연락 주세요"

핑크빛 행주 한 장
넙죽 받아 욱여넣고

역세권
바람자락에
올 풀리는 신기루

반지하 핥는 달빛
훔치고 또 훔친다

질컥한 전단지는
닿지 않을 깃발 같아

16

고단한

일상 말린다

별의 눈이 빠끔하다

정화미용실

그 길목 드나들면 햇살도 곱슬하다
가위질 삼십여 년 정화로만 불린 여자
제 이름 잊어버린 게 그녀뿐만 일라고

바람에 날린 말도 이야기로 꿈틀댄다
소소한 일상 굴려 말아놓은 파마머리
쏟아낸 골목늬우스 실밥 터진 너스레

덧칠한 새치마다 거울이 졸고 있다
사각사각 잘려 나간 시간을 빗질하면
한순간 카타르시스 단발머리 가볍다

경비 일지

경비실 모퉁이 돌면 나무에 걸린 셔츠
양팔을 벌리고서 너불너불 춤을 춘다
그깟 게 뭔 호사라고 동댕이친 헛바람

분주한 아침들이 고삐 풀린 차를 민다
낮추고 또 낮춰도 주눅 든 회색 하늘
눌러쓴 책갈피마다 부항 자국 수북한데

대상포진

굴장된 물의 껍질 부스스 일어섰다
그 안에 스멀스멀 짐승이 깨어나고
숙주를 파먹어 대던 붉은 발톱 비리다

매복한 시간들의 낯꽃이 선뜩하다
벗겨진 신발짝에 흥건히 고인 진물
해감도 덜 된 옆구리 겹비늘도 지끔거려

생살을 도려내면 이리도 아플까나
찢기어 토막 난 밤 곪아서 뒤척인다
물의 집 신음을 물고 가시 한 채 게운다

돗바늘 날을 갈아 별자리를 새기다가
눈물도 잃어버려 사막만 삼키더니
바람은 또 지나간다 찬연하다 그 아픔

가난한 식사*

눈 맞춤 차마 못 한 시선이 꿉꿉하다

날 세운 힘줄들은 시간을 움켜쥐고

피카소 눌러쓴 허기 흑백사진 야윈다

구겨진 반지하 방 별빛이 헐거웁다

취기로 설핀 달빛 빈 잔도 못 채우고

똬리 튼 가난 한 조각 식탁 위를 뒹군다

* 피카소의 초기 동판화. 1904년 작품.

델 키|Del key

재개발 깃발 소리 능소화 잘라내고

산 잃은 마을 어귀 산수국 뭉개지고

까마귀 입술 깨문다

제 약도가 삭제된

이쯤에서

물방울 볼 부비며 작은 물길 키워왔다
돌부리에 발 헤지고 강섶에 쓸린 나날
엇박자 절룩거리며 모난 시간 갈고 있다

때로는 꼭 잡은 손 놓고도 싶었겠다
물낯이 잔잔해도 바람 없는 건 아니지
세월로 접은 주름살 굽이굽이 남실댄다

숨 고른 한 줌 햇살 물비늘로 반짝인다
살포시 내려앉은 나른한 그 하늘빛
쉼 없이 흘러온 강물
돌아본다
이쯤에서

화산

어디다 감췄다가

터졌나 그 분노는

산등성 시뻘건 용

긴 혓바닥 날름댄다

와장창 김치보시기

온 사방이 용암 천지

개똥지빠귀

개똥이 천한 이름 잘 살라 붙여줬나

캄차카 벗어둔 길 동공조차 허기진다

차라리 그림자라도 남겨놓고 떠나오지

사선을 넘은 동행 발들은 부르트고

후미진 사글셋방 을숙도는 냉골이다

목울대 차오른 울음 접어놓은 노숙자

아가미가 그을었다

전어 떼 찰방이자 은별이 몸을 떤다
돌아갈 바닷길은 하마나 아득하고
후덜덜 놀란 가슴에 아가미가 그을었다

5촉 등만 깜빡이는 봄이 아픈 춘자 이모
똬리 튼 파킨슨은 벽 오르는 담쟁이다
날마다 제자리걸음 길은 거기 멈췄고

수족관 유리벽에 길 잃은 지느러미
출구가 어디인지 돌아가도 막다른 곳
잘려진 손톱 조각으로 추락하는 별을 센다

솜틀기

꾹 눌린 세월이
덜컹대며 돌아간다

시간을 날리면서
낡은 잠을 털어낸다

한 해가 부풀어 오른다
꿈틀대는 기억들

2부

색소폰 부는 오후

호숫가 벤치 한편 물자락 베어 물고

너덜난 악보를 삐뚤삐뚤 읽는 사내

오늘도 작별*의 노래 또 누구의 배웅인가

소리의 각질들이 물비늘로 일어선다

휘어진 어깨 너머 삭지 못해 뒹구는 음

색소폰 성근 마디에 목련꽃만 뚝뚝 지고

달팽이 지난 길은 눈물 마른 자국이다

벼리던 시간들의 지문 닳은 발자국들

저 꽃이 다시 필 때쯤 하얀 문장 뜸이 들까

* 스코틀랜드 민요.

창에 갇힌 여자

섬 속의 섬 침향도*에 여자가 갇혀 있다
소리도 잊어버린 시간이 멈춰 선 곳
물비늘 비릿한 눈물 원망일까 후회일까

꿉꿉한 등짝 맞댄 하루하루 지워가며
허기진 남색 수의 빛바랜 부레옥잠
주강珠江 물 수저 놓는 소리 초저녁달 젖었다

잘려진 발걸음에 티눈만 깊어지고
떠오르지 않는 낱말 잇몸으로 우물대며
오늘도 창 안에 갇혀 강을 보는 한 여자

* 중국 광동의 주강에 있는 삼각주. 여죄수 수용소가 있다.

어디쯤

나 무릎 꿇은 곳도 바닥이 아니었어

낮추고 엎드리고 그 정도면 오체투진데

찢어진 임시휴업안내 꺾인 등이 별을 본다

몇 번이나 지웠는지 짙은 눈썹 뭉개졌다

구겨진 소주팩이 명치끝에 얹혔는데

툭 털고 터져 나올 봄 어디쯤에 오고 있니

경로 이탈

최후의 성채였다 전선은 굳건했고
침입자와 방어자 간 쫓고 쫓는 날 선 공방
아뿔싸 냥이 발톱에 찢겨버린 방충망

패잔병 군화짝이 털레털레 걸어온다
미로에 든 저 쉬파리 날갯짓 새하얗다
출구는 돌아서 있다 지워진 채 오래도록

비루한 그 일상에 일탈을 꿈꾸었나
생각이 발목을 감아 점멸등만 울먹이고
바람은 제자리걸음 길의 흔적 묻는다

댕강꽃 2020

가시리 유채꽃밭 흙빛 울음 쏟아낸다

갈아엎은 봄볕에 댕강댕강 잘린 꽃들

그 얼굴 파묻힌 속내 바큇자국 선명하다

팔 벌려 닿지 않는 그것이 우리 거리

소리 내 우는 꽃이 웃기도 잘할 테지

바람은 별빛 말리며 봄 심는다 그래도

달팽이

허름한
견인차가
오르막길
가고 있다

고장 난 차
업고 가는
저 등도
아플 건데

울 엄마
구겨진 구십
포개져서
실렸다

미역귀

택배로 주문하니 푸른 완도 함께 왔다
진저리 뱃멀미에 널브러진 검은 물결
후두두 따라온 포말 발바닥이 간지럽다

짭조름 갯바람 베란다가 일렁인다
여신의 해조관海藻冠에 구름 부표 띄워놓고
물길의 보폭을 따라 씨줄로 견딘 한살이

쫀득한 바다향을 조물조물 무쳐내면
헐거운 밥상 위에 손끝으로 듣는 파도
틀니로 우물거린 귀 삼킨 소리 삐걱댄다

파스타 전문점 올리브

치대고 반죽하여
나폴리를 발라낸다
뻐덩한 몸짓들이
비등에 수굿하고
벽면에 던져진 가락
허둥대다 익는 생각

콕 찍은 허물들을
수평선에 헹궈내면
토핑으로 밀려오는
짭조름한 지중해
식탁 위 눅눅한 안부
붉은 달을 적신다

바늘꽃

불거진 굳은살이 파들대는 발레리나
구부정한 바람에도 무대는 피고 지고
휘인 발 푸른 발목에 눈물빛이 번지는

바람의 뼈 깎으면 바늘처럼 뾰쪽할까
낭창한 관절들에 달빛이 배어들면
너볏한 어둠 디딘 꽃 그 맨발이 불그레

신음도 어금니로 잘근잘근 씹어가며
뭉턱한 바늘귀를 갈고 또 갈았는데
토슈즈 휘청거린다 혓바늘이 아릿하다

삼각김밥

어디서 날아왔나 웅크린 민들레꽃

얼굴에 핀 노랑꽃이 짜긋이 웃고 있네

볕뉘를 우물거린다 입 안 가득 소태맛

편의점 모퉁이에 모로 누운 허기진 날

늘어져 하얀 일상 각진 꿈만 질경대고

귀 접힌 벼룩 구인란 초삼월이 쿨럭인다

무릎을 치다

만나면 상 위에
먼저 앉는 아픈 자랑

펼쳐진 보따리는
종합병원 진료 과목

"참말로,
늙으면 약도
사람 무시
한다카이"

갱년기

가슴 푼 정동진 바다 구름이 삼킨 해는
시간도 벗어놓고 깊은 잠에 빠졌다
파도에 떠밀려 온 불면 물마루에 재우고

태엽을 감아봐도 하루는 멈춰 있다
정오는 눈 가린 채 낮은 하늘 뒤에 숨다
다저녁 맨발로 나와 홀로 우는 붉은 놀

청산도

소리길 가다 보면 산등성도 느릿느릿
서둘 일 없다는 듯 곡선으로 구불구불
파도는 자갈돌 굴려 소리품을 팔고 있다

퍼렇게 멍든 바다 장돌 맞아 그렇단다
시간은 붙들어 뒀다 급할 일도 없다고
청산도 너른 바다에 쉼표 하나 찍었다

주막집 술 한 사발 안주는 필요 없다
아리랑에 취한 바람 한 줌이면 충분하지
나이도 쉬어 가는 섬 찔레꽃빛 바랬다

개똥쑥

촌스런 이름 석 자
내놓기가 쑥스러워

책갈피 압화처럼
욱여넣던 그 이름표

불현듯 기다림이 익었나
개똥이면 뭐 어때

3부

구두 수선공 조 씨

한 평 남짓 가건물에 몸 접고 갇힌 사내
틈새 빛 잇대어서 제 일생을 재단한다
불룩한 안경 너머로 깊은 주름 당기며

너덜난 뉴스들을 촘촘하게 박고 있다
뒤축만 갈아대다 제 무릎뼈 닳은 채로
이마 팬 몇 갈래 길에 기어오른 담쟁이

담장을 등에 지고 억척스레 살아낸 이력
비 오면 비 맞으며 흠뻑 젖음 되는 것을
세상에 가둬진 그가 남루하게 서 있다

망백望百의 노래
– 길원옥 위안부 피해자 할머니

녹슨 세월토막 꺼이꺼이 울고 있다
소스라친 기억들이 열꽃으로 피어난 날
세상에 빗장 닫아걸고 잊고 싶다 내 열세 살

눈물도 말라붙어 깊게 팬 주름계곡
긴긴밤 야위어진 별빛마저 새하얗다
때로는 가물거리는 망각이 고마울 뿐

숨통을 짓누르던 큰 산을 벗어놓고
나비가 되어서야 고향에 간 내 동무들
그 생전 오직 바람은 진심 담긴 사과인걸

해거름 녘 되부르는 내 노래 들으시게
움켜쥔 빈손으로 이 여행 끝자락에
실골목 새어 나오는 한 줄기 빛 새벽 같은

재첩국

강바닥 긁어서 건져 올린 가난한 날

밤새운 고단함에 동살도 남루하다

소금꽃 일던 일상에 하얀 분꽃 눈부셔

훑어도 빈 껍데기 낙동강이 비어간다

춤 멈춘 왜가리는 동심원만 그려대고

해거름 닳은 무르팍 부어오른 서녘 하늘

뻐꾹시계

선잠을 쪼아대는 울음이 또 도진다
시간에 둥지 틀고 털 고르는 새 한 마리
손끝에 침 묻혀가며 바람 한 장 뒤적인다

꼬깃꼬깃 접힌 하늘 사각틀에 굳혀놓고
정오로 손을 뻗어 쉼 없이 오르던 길
내리막 꽃 진 자리엔 시침들만 푸석하다

숫자로 박힌 옹이 고단한 하루살이
치열 고른 울타리도 앞니가 성글다
외진 곳 웅크린 채로 비를 맞는 뻐꾸기

50

연

꼬리는 잘라놓고

날개만

퍼덕인다

얼레 실 풀다 말면

그 얼굴 감겨오네

가오리

물살 가르는

파르르한 저 맥박

모지랑섬*

오래된 정지 한 녘 모지라진 칼이 있지
나랑 함께 늙는 기라 물주름 진 해변 같은
수평선 목에 걸치고 물 밖으로 나온 여자

누구를 지우려고 그리 깎고 또 갈았나
닳은 손금 다독이며 비린 섬을 썰으셨나
흰동백 바람 든 어깨 포개진 날 욱신하다

* 전남 고흥군 소재.

달맞이꽃

희뿌연 어둑새벽 흩어진 달빛 조각
길섶에 주저앉아 막차를 기다리나
짓눌린 만월의 무게 어깻죽지 축 처져

허허한 마른 웃음 산허리에 내걸리고
곰삭은 가슴빛은 앞섶에 매달고서
노랗게 질린 얼굴로 이 하루를 접는다

쳇바퀴 같은 삶이 지치기도 하련마는
외줄 탄 아침은 소풍처럼 설레더라
기울면 또 찬다는 걸 잠시 잊고 있었네

오수午睡

물이랑 주저앉은

하늘빛을 건져 올려

참빗으로 빗질하면

타래에 감긴 얼굴

빛꾸리 하늘이 되어

울 아버지 만난 날

오전 8시

고막을 후비면서 길 묶은 공사 차량

뭉텅한 정강이로 제 발등을 쪼아댄다

뒤엉킨 자동차 바퀴 멈추어선 여덟 시

자명종 못다 턴 잠 수염 자국 가뭇하다

포복하는 갈바람의 수신호도 늑진한 길

편도선 잠긴 아침에 숨이 가쁜 초침들

요양원 86호

새붉은 입술들이 와르르 쏟아진다
부석부석 시든 날들 자근대며 밟히는데
꽃잎이 떨어진 자리 아름답긴 매한가지

날마다 잠을 싸서 집에 가는 꿈을 꾼다
한때는 꽃피었지 분꽃같이 단아하던
시계는 멈춘 지 오래, 방치된 풍금처럼

허기진 햇살 한 줌 머리맡에 걸어둔다
하늘은 저리 깊어 눈자위도 움푹하다
바람은 삭은 이파리 쉴 새 없이 흔들고

석양

그대 저 강 건널 때는
한날한시 같이 가오

가는 길 돌아보여
혼자 두고 어찌 가누

소나무 굽은 등으로
붉은 산을 닦는다

바다, 하루를 갈무리하다

저 너른 이마로는 못 품을 게 없겠더라
머리에 하늘 인 채 깨끼발로 떨고 있다
하얀 깁 온몸으로 물고 드러누운 가막새

모래 한 줌 내뱉으며 바람도 서성인다
왔다가 쓸려 가는 물결마저 아쉬워서
가슴길 여닫는 것은 너뿐만이 아닌데

기어코 그 불덩이 삼키고 말았구나
버선발로 달려 나온 까치놀 저리 곱다
떠나도 빛나는 것들 붉은 파도 품는다

하루살이

한 잔의 드립 커피
맺힌 음조 읊조린다

꼬깃꼬깃 1달러에
허기진 저녁노을

지문도 지워진 바람
검은 눈물 도로록

안부

할머니 떠난 자리 시간이 박제됐다

텅 빈 집 앞마당에 널브러진 강아지풀

항아리 노을이 말라 골마지로 누웠다

쪼글한 낮달이 젖은 물기 찍어낸다

골절된 엉치뼈로 지번 잃은 검정 털신

달팽이 껍질 벗어놓고 병상 하나 업었다

4부

콧등치기국수

치대면 치댈수록 가난은 더 쫄깃했다

장마에 말린 눈물 고봉으로 넘치는데

비워낸 막사발 위에 고명으로 얹힌 허기

탱글한 국수 가락 콧등을 치는 바람

덜 퍼진 시간들의 안부가 눅진하다

싸락별 쏟아지듯이 메밀꽃향 넘치는

대티터널

내장을 발라내도 신음조차 못 하더니
움켜쥔 산허리로 검은 욕망 관통한다
넌출진 담쟁이 몸부림 만장처럼 떨리고

반쪽인 가슴으로 온 바람 다 맞았다
하늘이 감파래서 더 무거운 이번 생애
천상의 별이었던가 시들어도 빛난다

디디고 밟힌 자리 실금만 소복하다
점멸등 껌뻑여도 시간은 질주하고
놀 삼킨 누런 은행잎 입구에만 서성인다

눈물밥

후미진 공원 벤치 상차림 분주하다
펼쳐진 비닐봉지 혼밥이 짜디짜다
이골 난 노숙 생활에 시장기는 여전하고

해진 녹색 신발 풀물이 든 것일까
이 빠진 개망초는 쉰내만 풀풀한데
쇳소리 그르렁대며 쏟아지는 땅거미

눈물이 마른 자리 그를 가둔 돌담 되어
차라리 덩굴처럼 허리라도 움켜줄걸
바람은 까닭도 없이 낙엽 한 장 떨군다

노랑할미새

바람이 남긴 반쪽 가까스로 깨운 오후
만근의 몸 일으켜 휠체어 꼬옥 쥔 채
할머니 젖은 날개로 첫발 뗀다 파르르

압화 된 마른기침 바퀴에 눌어붙고
그림자 발에 감겨 길은 자꾸 엉키어도
노랗게 얼룩진 얼굴 저녁노을 끌고 간다

들개를 위한 변辯

애초에 들개더냐 패대기친 산목숨들
바람결 풀씨처럼 이리저리 떠돌다가
기억은 뼈대만 남아 삐걱이는 그림자

사방을 빙 둘러친 한기조차 날이 섰다
하얀 별빛 언저리에 유기된 까만 도시
야산의 조뱅이꽃들 꼬리 말고 뒤척인다

사는 게 죽기보다 더 힘들다 하였던가
얼룩진 벤치에선 고요도 신음한다
오늘은 눈물이 맵다 홀쭉해진 하현달

가을비

자박한 밤의 제국
갓 건너온 사선이다

곡조에 취한 하늘
쏟아낸 눈물인가

억새야 가을 타는구나
그렁한 눈 어쩌나

불면에 보풀 일던
바람빛도 희끗하다

달빛에 문드러져
흐릿해진 산의 지문

너덜한 허파를 기우며
야윈 달력 씻는다

스콜

말갛던 하늘가에
누런 꽃 벙글었다

화들짝 떠는 바람
나무들 몸 낮추고

기마병 말발굽 소리
질주하는 목마름

못난이 삼형제

선반 위 옹기종기 먼지 쓴 삼총사
발목에 앉은 굳은살 이제 그만 서고 싶다
그래도 늘 셋이라서 울다가도 웃는다

붕어 없는 붕어빵에 까르르 웃던 시절
살아온 얼룩들이 깨알처럼 박힌 양 볼
꽃길에 서성인다고 꽃길로만 온 줄 알지

내 키가 작아져서 하늘이 더 높은 날
머리에 내린 첫눈 점점 더 쌓여가는데
쉼 없이 다릿짓한다 또 새봄이 오려나

바람을 쌓다

귀 없는 말과 말이 포개져 순장殉葬됐다
마이봉 골짜기에 죽순처럼 솟은 돌탑
아랫돌 윗돌 품으며 긴 시간을 녹인다

바람에 깎인 세월 돌 틈새로 숨을 쉰다
허물고 올려봐도 저 하늘 아래인걸
사는 건 돌탑 세우듯 또 하루를 쌓는 거다

설산, 은빛 용을 만나다

하늘과 맞닿은 곳 길게 누워 옥룡*이라
나시**의 탯줄 쥐고 억겁을 견디었나
긴 세월 겹겹이 입은 옥빛이 도도하다

뚝 잘린 바람 허리 시퍼런 날 세운다
칼벼랑 휘감으며 냉기를 토해내도
새 생명 여기 있다오 고개 내민 풀꽃들

모롱이 머흘대는 구름자락 움켜쥔다
갖가지 사연 품은 저 산은 늘 제자리
한 뼘의 디딤돌 같은 마음 하나 담았네

* 옥룡설산. 2억 3천만 년 전에 지각이 휘었기 때문에 13개의 봉우리
가 꿈틀거리는 용으로 보인다 하여 옥룡설산이라 불린다.
** 나시족. 윈난성 리장의 옥룡설산을 신성시하는 소수민족.

콩나물을 씻으며

떠 가면 서운할라
한올 한올 골라낸다

살아온 지난날이
지워진 줄 알았더니

시루에 물 다 빠져도
콩나물은 자란다

하단장

장 열린 골목길에 하늘자락 펄럭인다
무시로 흩날리는 사람들 사는 냄새
구르는 장바구니에 말아논 길 펼쳐진다

제철 맞은 시금치가 막춤을 추고 있다
찬 바람 목에 두른 채 마른 멸치 조잘대고
채반 위 인정 한 줌이 덧거리로 앉았다

넋두리 굴비 엮듯 세상사 조랑조랑
캉캉 치마 걸친 봄동 카니발 한창인데
등 굽은 엄마 뒷모습 오일장이 저문다

매듭풀

모진 연緣 묶은 자리

관절마다 피멍이다

빳빳이 깃 세우고

몸 풀듯 꽃 피우네

푸서리 마다 않고서

뿌리 내린 민초다

능소화

깡마른 발톱으로 햇살을 움켜쥐고

엉성한 담장 타고 너울대는 물결이다

꽃으로 휘감아 봐도 허한 마음 그대로다

온몸이 쓰러진다 모질게도 잊혀진다

바람만 깨진 창을 제집마냥 들락이고

철거촌 가위표들이 빨간 눈물 쏟는다

5부

노란 주전자

속살을 휘저으면 깨어나는 부연 몸짓
발효 덜 된 내 유년이 부걱부걱 괴고 있다
벗겨진 노란 주전자 우그러진 양철집

공동 수도 점방 들러 들이커던 누런 곡주
발그레 취한 해는 서녘에 엎드리고
걸음은 적삼을 풀고 비틀대는 낮달이다

혼자된 자전거는 빨간 눈물 배어들고
앞서간 울 아버지 어디쯤 가고 있나
아직도 코 고는 소리 다락방을 오르는데

거북목

짓눌린 하늘에 일상이 휘었구나
쭉 내민 목덜미에 누름돌 얹어놓고
느리게 읽어가는 밤 오늘도 하얗다

한 몸 된 휴대폰이 긴 시간 삼키는데
고단한 저린 목 그 깊이는 굴우물 속
세상은 멈춰 있는데 내가 돌고 있더라

호미

풀무로 일군 불씨 달아오른 볕살이다
등줄기 타고 흘러 쇳물에 녹은 시간
저승꽃 눌어붙은 채 널브러진 늙은 호미

벼리던 젊은 날이 날것으로 퍼덕인다
수십 년 묵혀둔 기억은 솎아내도 성성하다
날 무딘 엄마의 텃밭엔 괭이풀만 제철이고

마른버짐 번지듯이 발자국도 말라가고
쇠심이 박힌 다리 오늘도 천근千斤이다
등 굽어 꼬부라진 봄 호미 되어 신음한다

활주로

밤사이 뒤척이던 아침이 부어올라

풍향계에 안긴 바람 출발선에 멈춰 섰다

활주로 엎드려 운다 두고 온 맘 아려서

열꽃같이 솟구치는 속울음 삭히시고

어머니는 잘 가라며 문지방도 못 넘는다

머잖은 이별 연습에 유리창은 왜 흐리나

낚시

신림동 카페 안에 침묵을 매달고서

시간은 통통 불어 찻잔에 넘치는데

대어냐 낚아챘더니 달랑 스팸 걸렸다

정방폭포
-4·3을 기억하며

속울음 멍울지던 그날은 죽었다
곱은 손엔 어머니가 쥐여준 식은 주먹밥
폭포는 고개 떨군 채 피눈물만 토했다

여태껏 구석에서 바들대는 어린 소녀
바다가 삼킨 말들 자갈돌만 와삭댄다
낙인은 붉은 날개로 한평생을 앞서갔다

온몸이 통꽃 지듯 사그라진 그대여
두루막 자락으로 덮을수록 덧난 상처
긴긴날 이리 아픈데 동백꽃은 피더라

대봉감

몰캉한 선홍으로 노점 펼친 순자 할매
인적 뜸해 스산한 길 마른 잎만 와글대고
바람은 홍시 낙관을 온 얼굴에 찍는다

해종일 지폐 몇 장 쪼글해진 감의 몸피
목젖이 부어오른 노을빛 그 단내들
엉치에 뿌리 내렸나 휘청대는 가로수

등불

빛줄기 길 잃은 채 전선주에 걸려 있다
초라한 옷매무새 엉켜진 일상 앞에
선잠 깬 충혈된 불빛 껌뻑이는 가로등

질주를 멈춰놓고 문 여는 이 아침에
찐하게 각인되어 웅크린 발자국 둘
일기 속 질퍽이 고인 땀내 절은 시간표

가다가 하늘 보며 쉬기도 하는 게지
돌아서 가는 길도 때로는 있는 거야
저 어둠 밀어내고서 늘 하루는 새날이다

괭이밥풀

우야꼬,
나오느라 얼마나 애를 썼노
금이 간 길바닥에 고개 내민 자그만 별
감춰도 투영된 마음 실핏줄이 돋았다

만다꼬,
한 줄 흙에 보란 듯 뿌리 내렸노
세상 것 접어놓고 너처럼 살라 하나
천국을 지상에 묻어 노란 꿈이 여문다

센텀시티

강물을 가로질러
아파트 벌렁 누웠다

골짜기 바람 일듯
어지러움 출렁대는

빙그르 멀미를 한다
복부인 치마 펄럭인다

탈출기

때로는 혼자서도 날아보고 싶었어요

바람이 너덜하도록 날갯짓해 보려고요

아뿔싸 코로나19에 새장 문이 잠겼어요

하늘도 갇혔어요 숨통이 조인대요

탱자나무 덤불에서 열병 앓는 꿈을 꿔요

오롯이 별이 됐나 봐요 지상만 보여요

시간을 깎아내요 속살이 타들어 가요

낯설은 깃털들을 하나씩 뽑아내요

조감도 꾹꾹 씹으며 퍼덕여요 오늘도

팽이치기

채찍을 후려쳐도 내 이웃은 모르쿠다*
빙판도 지쳐서 넘어질 듯 비틀비틀
핑핑핑 바람 소리만 맨몸으로 걸친 채

지우면 더 선연한 나날이 그날 같아
뒤틀린 손마디로 세상 눈 닫은 세월
얼룩진 애월**의 사월 이제서야 품는다

* '모르겠다'는 뜻의 제주 사투리.
** 지명, 제주 애월.

노송

물먹은 하늘 무게 허리가 휘청인다
바람에 베인 세월 구름 한 장 펼쳐놓고
손마디 굳은살처럼 깊게 박힌 옹이들

그 속은 텅 비었다 진액마저 내준 나무
지문 닳은 나이테에 먹울음 몸 누인다
검버섯 햇살 퉁기며 고인 숨결 보듬고

다복솔 지천인데 그림자도 외롭더라
마음길 쓸고 나니 솔향은 더 진한데
저만큼 굽은 등으로 한 생을 진 어머니

강된장

호박잎 너풀대는 울담에 선 노부부

해종일 모은 박스 호박꽃 불긋하다

주름진 양은 냄비에 졸아드는 긴 노을

작고 그늘진 존재들의 노래

황치복 문학평론가

1. 신산한 삶의 모습에 대한 관심과 공감

황순희 시인의 시조 작품들은 외지고 그늘진 곳에서 소외된 삶을 살아가는 존재들에 눈을 돌릴 때 빛을 발한다. 시인은 애써 작고 가녀린 몸을 지니고, 무슨 큰 목적이나 꿈을 간직한 것도 아니면서 알탕갈탕 애면글면 살아가는 작고 왜소한 삶의 모습에 눈길을 주고, 그들의 삶이 지닌 의미와 아름다움을 추출해서 시화하려고 한다. 시인은 눈에 띄지 않는 외진 곳에 자리 잡고 있기에 누구도 관심을 주지 않고, 힘과 권력이 없기에 누구의 도움도 받지 못하면서도 자신의 존재를 주장하는 숨탄것들이 지닌 그 존재의 한없는 가벼움과 절실함을 애처로운 마음으로 감싸 안으려고 하는 것이다. 시인이 소외된 삶을 살아가고 있는 작고 여린 것들의 삶의 모습에 천착하는 것은 그것들이 지닌 생명의 의지와 열정에 대한 모성애적인 관심일 수도 있지만, 그처럼 연약한 존재들이 지닌 심미적 가치와 윤리적 덕목이 무엇보다 시인의 이목을 끌어당겼기 때문일 것이다.

황순희 시인의 시조가 아름다움을 발견하는 또 다른 요소는 바로 시간과 세월의 흐름에 따라 몰락하고 소멸해 가는 과정에 있는 대상들이다. 그것들은 시간의 파괴적인 힘에 의해 속절없이 무너져 가는데, 그럼에도 불구하고 시간의 흐름이 남긴 흔적들, 즉 나이테라든가 주름살, 혹은 옹이라든가 굳은살, 그리고 구부러지고 꼬부라진 형상들과 같은 시간의 더께와 켜들이 만들어낸 무늬를 지니고 있다. 그것들은 석양의 햇빛을 받아서 빛나는 까치놀의 윤슬처럼 반짝이면서 심미적 효과를 자아내는데, 그 아름다움은 곧 소멸할 것이라는 예감이 함께하는 풍경이기에 더욱 절실하고 절박한 심미적 가치를 발산한다. 시인은 이러한 풍경에 몰입하면서 이승에서 빚어내는 잔양殘陽의 아름에 심취하는데, 시인의 이러한 관심은 독자들에게도 형언할 수 없는 감동을 선사한다.

외지고 소외된 삶에 대한 관심은 현실에 대한 관심이라고 할 수 있으며 따라서 풍자의 영역에 속한다고 할 수 있다. 또한 시간의 파괴적인 힘에 의해 소멸하는 존재들에 대한 관심은 실존적 관심이라고 할 수 있으며 비극미의 영역에 속한다고 할 수 있다. 시인은 풍자와 비극이라는 심미적 영역에 의지해서 자신의 시조 미학을 개척해 가고 있는 셈이다. 풍자는 시인이 발 딛고 있는 현실에 대한 관심을 대변해 주고 있고, 비극은 사회 현실의 영역과는 구별되는 유한한 인간으로서 삶 자체의 문제에 대한 관심을 대변해 주고 있는데, 이러한 양면적인 관심과 시 의식이 황순희 시인에게 시인으로서의 균형감각을 부여하고, 시조의 미학적 풍요로움을 담보해 주고 있다. 소외된 삶에 대한 시인의 관심을 드러내는 작품부터 하나하나 살펴보도록 하자.

"아파트 분양합니다
이 번호로 연락 주세요"

핑크빛 행주 한 장
넙죽 받아 욱여넣고

역세권

바람자락에

올 풀리는 신기루

반지하 핥는 달빛

훔치고 또 훔친다

질척한 전단지는

닿지 않을 깃발 같아

고단한

일상 말린다

별의 눈이 빠끔하다

　　　－「분홍 행주」 전문

　반지하의 소외된 곳에서 삶을 이끌어가고 있는 사람들
에게 아파트 분양권이란 "닿지 않을 깃발", 혹은 실체가
없는 "신기루"와 같은 것이다. 마케팅을 위해 덤으로 주
는 "핑크빛 행주 한 장"만이 반지하 거주민이 실질적으로
손에 넣을 수 있는 부산물인지도 모른다. 그러니까 찬란
한 빌딩과 고층 아파트가 즐비한 대도시에서 반지하 거

주민의 삶이란 바닥 아래의 삶이라 할 수 있는데, 그에게는 아파트 입주권 대신 행주 한 장이 덩그러니 주어지는 그러한 삶인 셈이다. 그릇이나 밥상 따위를 닦거나 씻는 데 쓰는 헝겊 한 장과 아파트 입주권의 차이가 오늘날 우리 사회의 빈부 격차를 대변해 주고 있다.

그러나 시인이 그리는 행주 한 장으로 대변되는 헐벗은 삶은 "올 풀리는 신기루"라는 표현처럼 신기루를 좇는 삶은 아니다. 시적 주체는 반지하에 쌓인 달빛을 "훔치고 또 훔치"면서 말끔하게 닦아내기도 하고, "고단한/ 일상"을 "말리"기도 한다. 이처럼 훔치고 닦아내고 말리는 행위들은 고단한 반지하의 삶이 감상적인 삶의 태도에서 벗어나 현실을 직시하려는 노력인지도 모른다. 하지만 시적 주체는 "별의 눈이 빠끔하다"라고 하면서 신산한 삶이 지닌 동경과 비전을 완전히 저버리지는 않는다. 예컨대 시인은 "똬리 튼 가난 한 조각 식탁 위를 뒹군다"고 하면서도 "구겨진 반지하 방 별빛이 헐거웁다"(「가난한 식사」)라고 하며 미래의 별빛을 소환하기도 하고, "달팽이 지난 길은 눈물 마른 자국이다/ 벼리던 시간들의 지문 닳은 발자국들"(「색소폰 부는 오후」)이라고 하면서 삶의 역정을 지닌 과거의 시간들을 아름답게 간직하려고도 한다. 반지하의 삶이지만, 거기에서 시인은 삶에 대한 진정

성을 발굴하고 있는데, 실업자의 삶을 다룬 다음 작품도
마찬가지다.

나 무릎 꿇은 곳도 바닥이 아니었어

낮추고 엎드리고 그 정도면 오체투진데

찢어진 임시휴업안내 꺾인 등이 별을 본다

몇 번이나 지웠는지 짙은 눈썹 뭉개졌다

구겨진 소주팩이 명치끝에 얹혔는데

툭 털고 터져 나올 봄 어디쯤에 오고 있니
　－「어디쯤」 전문

실업자의 힘겨운 삶의 모습이 묘사되고 있다. 반지하
의 삶이 그렇듯이 바닥은 바닥이 아니고 다시 더한 바닥
이 있다는 것, 그러한 삶은 곧 "오체투지"와 같은 삶이라
고 할 수 있는데, 그 결과는 "찢어진 임시휴업안내"가 내
포하고 있는 것처럼 실업으로 귀결된다는 내용이 담담하

게 진술되고 있는 것이다. 이때 "꺾인 등이" 바라보는 "별"의 이미지는 어떤 희망과 비전에 대한 암시가 아니라 너무 높아서 손이 닿지 않는 비극적인 원망願望 같은 것을 함축한다. 그런데 그 바람이라는 것이 일할 수 있는 권리, 바닥에서 살 수 있는 권리라는 것을 생각해 보면 그 비극성은 더욱 증폭된다.

지워진 "짙은 눈썹"의 이미지, 그리고 "명치끝에 얹"힌 "구겨진 소주팩"의 이미지는 "오체투지"와 "임시휴업안내"를 일상으로 하는 실업자의 망가진 영혼과 육체를 암시하는데, 이러한 이미지들이 결코 어떤 탈출구를 내포하지는 못한다. 따라서 "툭 털고 터져 나올 봄 어디쯤에 오고 있니"라는 종장의 구절은 사실 어떤 근거와 확신을 가질 수 없기에 공허하게 들리고, 그렇기 때문에 더욱 그 비극적 정동은 심화된다. 따라서 돌파구 없이 일상을 영위해야 하는 실업의 생활이 지닌 안타까운 심정이 절절하게 녹아 있는 작품이라 할 수 있는데, "늘어져 하얀 일상 각진 꿈만 질겅대고/ 귀 접힌 벼룩 구인란 초삼월이 쿨럭인다"(「삼각김밥」)에서처럼 실업으로 점철된 봄날이라는 삶의 구도가 그 선명한 대비로 인해서 더욱 애틋할 수밖에 없다. 이렇듯 시인의 시선은 소외되고 버림받고 내팽개쳐진 삶의 애잔한 모습을 향하고 있는데, 구두 수선공의 삶 또한 예외는 아니다.

　한 평 남짓 가건물에 몸 접고 갇힌 사내
　틈새 빛 잇대어서 제 일생을 재단한다
　불룩한 안경 너머로 깊은 주름 당기며

　너덜난 뉴스들을 촘촘하게 박고 있다
　뒤축만 갈아대다 제 무릎뼈 닳은 채로
　이마 팬 몇 갈래 길에 기어오른 담쟁이

　담장을 등에 지고 억척스레 살아낸 이력
　비 오면 비 맞으며 흠뻑 젖음 되는 것을
　세상에 가둬진 그가 남루하게 서 있다
　　－「구두 수선공 조 씨」 전문

　"한 평 남짓 가건물"이라든가 "틈새 빛", 그리고 "너덜
난 뉴스" 등의 이미지들은 구두 수선공 조 씨가 처한 삶의
환경과 그동안 겪어온 삶의 과정을 함축하고 있다. 또한
"몸 접고 갇힌 사내"라든가 "깊은 주름", 그리고 닳고 닳은
"무릎뼈" 등의 이미지는 노동으로 점철된 그의 삶이 얼마
나 험난한 것이었는지, 그리고 그것을 감당한 육신의 피

폐가 얼마나 가혹한 것이었는지를 대변해 준다. 비좁고 어둡고 너덜너덜한 삶의 처지와 과정이 고스란히 암시되고 있는 셈이다.

이 작품에서 주목되는 점은 폐쇄와 감금의 이미지인데, "한 평 남짓 가건물"도 그렇지만, "담장을 등에 지고 억척스레 살아낸 이력", 그리고 "세상에 갇혀진 그가 남루하게 서 있다"는 표현들을 보면, 시적 인물인 조 씨는 감옥과 같은 좁은 공간에 둘러싸여 있으며, 아무도 그의 삶에 관심과 공감을 표해주지 않기에 그는 혼자만의 고독한 삶을 영위하고 있음을 알 수 있다. 그러니까 그는 거대한 세상으로부터 소외되어 "한 평 남짓 가건물"이라는 소우주에서 자신만의 삶을 이끌어온 것이다. 시인은 이러한 조 씨의 삶에 대해 "이마 팬 몇 갈래 길에 기어오른 담쟁이"라고 하거나 "담장을 등에 지고 억척스레 살아낸 이력"이라고 하면서 담쟁이덩굴과 같이 온몸으로 고난을 극복한 강한 생명력으로 묘사한다. 시인이 다른 시에서 호모 사케르적인 삶을 묘사하면서 "이골 난 노숙 생활에 시장기는 여전하고"라고 하거나 "차라리 덩굴처럼 허리라도 움켜쥘걸"(「눈물밥」)이라고 묘사했던 것처럼 담쟁이덩굴과 같이 낮은 포복으로 장애물을 넘어가는 삶의 형식을 이 구두 수선공에게서 읽어내고 있는 것이다. 낮

고 외진 곳의 삶에 대한 시인의 공감과 관심을 읽어낼 수
있거니와 이런 시의식은 인간의 삶에 국한되지 않는다.

　　애초에 들개더냐 패대기친 산목숨들
　　바람결 풀씨처럼 이리저리 떠돌다가
　　기억은 뼈대만 남아 삐걱이는 그림자

　　사방을 빙 둘러친 한기조차 날이 섰다
　　하얀 별빛 언저리에 유기된 까만 도시
　　야산의 조뱅이꽃들 꼬리 말고 뒤척인다

　　사는 게 죽기보다 더 힘들다 하였던가
　　얼룩진 벤치에선 고요도 신음한다
　　오늘은 눈물이 맵다 홀쭉해진 하현달
　　　－「들개를 위한 변_辯」전문

　"패대기친 산목숨들"이라든가 "유기된 까만 도시" 등
의 표현들이 버려지고 내팽개쳐진 존재의 그늘을 대변해
준다. 그러니까 들개는 산 채로 버려져서 홀로 산목숨을
경영해 갈 수밖에 없게 되었다는 것, 그래서 그것의 처지
는 "바람결 풀씨처럼" 떠돌아다니는 유랑의 신세가 되었

다는 것, 그리고 "사방을 빙 둘러친 한기조차 날이 섰다"는 표현처럼 들개의 삶의 조건은 냉대와 "한기"로 둘러싸여 있는 고독하고 삭막한 것이라는 사실들이 담담하게 서술되고 있다. 주인에게 버림받고 황량한 들판을 떠돌면서 생명을 부지하고 있는 "들개를 위한 변辯"에 몰두하고 있는 시인의 모습은 바로 왜소하고 소외된 삶에 대한 공감과 연민이 시의식을 대변해 주고 있다고 하겠다.

시인은 들개의 심정에 감정을 이입하여 그것이 지니고 있을 내면 풍경을 애써 읽어주려 한다. "기억은 뼈대만 남아 삐걱이는 그림자"는 버림받은 들개가 지니고 있을 인간과 삶에 대한 추억이 빈약하고 황량하다는 것을 암시하고 있으며, "얼룩진 벤치에선 고요도 신음한다"는 표현은 버림받은 삶의 소외감과 막막함을 절묘하게 살려내고 있다. 특히 "야산의 조뱅이꽃들 꼬리 말고 뒤척인다"는 표현이나 "오늘은 눈물이 맵다 홀쭉해진 하현달" 등의 구절들은 '조뱅이꽃'과 '하현달'이라는 자연물의 은유를 통해서 버려진 들개들의 날카로운 삶의 처지와 그 삭막한 내면의 풍경들을 암시하는데, 그 표현의 묘미가 예사롭지 않다.

이상 몇 편의 작품에서 살펴보았듯이 황순희 시인의 시조들은 대부분 가난하고 소외된 환경에서 그늘진 삶을 살아가는 다양한 생명현상에 주목하고 있음을 알 수 있다. 시인은 그들의 처지와 환경을 자기화하면서 그들이 처한 삶의 곤경, 특히 내면의 삭막함과 절실함에 주목하며 거기에 대해 공감과 연민의 시적 태도를 취하고 있다. 반지하의 소외된 삶, 생존의 수단을 박탈당했으면서도 막막한 삶을 살아내야 하는 실업자, 세상이라는 거대한 감옥 한구석을 차지하고 있는 구두 수선공, 그리고 주인에게 버림받아 들판을 떠돌아야 하는 들개 등은 모두 소외된 존재들인데, 그들은 시인의 따스한 시선과 공감으로 환대받으며 위로와 위안을 얻는다. 그런데 시인은 그늘지고 외진 소외된 삶의 양상에만 주목하지 않고, 그러한 환경에서의 삶을 통해 삶이란 도대체 무엇인지에 대한 성찰과 반성을 꾀하는데, 이로 인해서 시인의 시는 더욱 깊어지고 그윽해진다.

2. 곤궁한 삶에 대한 성찰과 의미

물방울 볼 부비며 작은 물길 키워왔다
돌부리에 발 헤지고 강섶에 쓸린 나날
엇박자 절룩거리며 모난 시간 갈고 있다

때로는 꼭 잡은 손 놓고도 싶었겠다
물낯이 잔잔해도 바람 없는 건 아니지
세월로 접은 주름살 굽이굽이 남실댄다

숨 고른 한 줌 햇살 물비늘로 반짝인다
살포시 내려앉은 나른한 그 하늘빛
쉼 없이 흘러온 강물
돌아본다
이쯤에서
　－「이쯤에서」전문

"이쯤에서"는 삶의 반환점이나 전환점에서 그동안의
삶을 돌아보면서 성찰하는 시점이다. 시인은 그동안의
삶이 고통과 상처의 나날이었음을 회상하기도 하지만,
그것들이 물결무늬와 같이 아름다운 하나의 리듬이며 무
늬였음을 인식하고 생의 의미와 가치를 음미한다. 좀 더
구체적으로 살펴보면 "작은 물길"이라든가 "돌부리에 발
헤지고 강섶에 쓸린 나날", 그리고 "엇박자 절룩거리며
모난 시간" 등의 이미지들은 모두 험난하고 신산한 삶의
역정을 암시하고 있다. "때로는 꼭 잡은 손 놓고도 싶었겠

다"는 표현은 그 헤지고 쓸리고 모난 시간을 겪으며 생의 의지를 꺾을 뻔한 위기를 시사하기도 한다.

하지만 "세월로 접은 주름살 굽이굽이 남실댄다"든가 "숨 고른 한 줌 햇살 물비늘로 반짝인다" 등의 표현은 그처럼 힘든 삶의 시간이 어떤 질서와 무늬를 이루고, 아름다운 형상을 지니게 되었음을 알려준다. 굽이굽이 남실대는 '주름살'이라든가 햇살에 반짝이며 빛나는 '물비늘' 등의 이미지들이 힘들었던 삶의 과정이 심미적 가치를 지니게 되었음을 함축하고 있는 것이다. 물론 시인이 이처럼 신산한 삶의 과정에서 심미적 가치를 발견하게 된 것은 "엇박자 절룩거리며 모난 시간 갈고 있다"에서 알 수 있듯이, 어긋난 운명의 시련에도 불구하고 모난 시간을 둥글게 갈아서 몽돌과 같은 원만구족한 시선으로 삶을 성찰할 수 있었기 때문일 것이다. 표제시이기도 한 다음 작품에서도 삶에 대한 성찰이 빛을 발한다.

전어 떼 찰방이자 은별이 몸을 떤다
돌아갈 바닷길은 하마나 아득하고
후덜덜 놀란 가슴에 아가미가 그을었다

5촉 등만 깜빡이는 봄이 아픈 춘자 이모

똬리 튼 파킨슨은 벽 오르는 담쟁이다
날마다 제자리걸음 길은 거기 멈췄고

수족관 유리벽에 길 잃은 지느러미
출구가 어디인지 돌아가도 막다른 곳
잘려진 손톱 조각으로 추락하는 별을 센다
　－「아가미가 그을었다」 전문

　"돌아갈 바닷길"이 막히고 "수족관 유리벽에" 갇혀 있
는 물고기는 "파킨슨"병을 앓고 있는 "춘자 이모"를 은유
하는 대상이다. 그녀는 "5촉 등만 깜빡이는 봄"날을 보내
고 있으며, "벽 오르는 담쟁이"처럼 하루하루 힘겨운 시
간을 견디고 있다. 어느 경우든 병고에 시달리는 '춘자 이
모'의 삶이 비극적인데, 활력이 넘치는 봄날을 어두침침
하게 보내야 하는 현실도 그렇지만, 하루하루를 식물과
같이 정적인 생활을 해야 하는 처지도 마찬가지다. 그러
한 삶은 "날마다 제자리걸음"과 같은 것이며, 멈춰 있는
길과 같이 정체되고 고여 있는 삶이기 때문이다. 파킨슨
병에 걸린 '춘자 이모'의 삶이 이러한 형국이기에 수족관
에 갇힌 물고기에 대한 비유가 적실하다고 느껴진다.
　그러니까 파킨슨병을 앓고 있는 '춘자 이모'는 "출구가

어디인지 돌아가도 막다른 곳"에 갇혀 있는 "수족관 유리 벽에 길 잃은 지느러미"와 같은 신세라고 할 수 있으며, 앞서 인용한 「구두 수선공 조 씨」에서와 마찬가지로 감옥에 갇혀 있는 수인囚人의 삶을 영위하고 있는 존재이다. 그녀는 자신이 처한 현재 상황에 대해 "후덜덜 놀란 가슴에 아가미가 그을었다"는 표현처럼 말문이 막힐 정도로 당혹스럽고 안타까운 심정이기에 운명을 수용하기가 쉽지 않다. 그런데 시의 종장 구절이 예사롭지 않다. "잘려진 손톱 조각으로 추락하는 별을 센다"는 대목은 춘자 이모가 자신의 운명에 대해 취할 수 있는 최선의 대응 방법이라고 할 만한데, 손톱을 자르며 추락하는 별을 헤아리는 것이 그것이다. 뇌신경 세포의 이상으로 운동 장애를 겪고 있는 춘자 이모로서는 자신의 삶이 담쟁이덩굴과 같은 것이기에 스스로 자신의 일부를 잘라내며 그것으로 삶의 증거를 삼고, 추락하는 별을 헤아리며 자신의 종말을 그려보는 것이다. 극한의 상황에서 삶의 마무리를 관조하는 모습에 처연한 아름다움이 있다. 한 편을 더 읽어본다.

희뿌연 어둑새벽 흩어진 달빛 조각
길섶에 주저앉아 막차를 기다리나

짓눌린 만월의 무게 어깻죽지 축 처져

허허한 마른 웃음 산허리에 내걸리고
곰삭은 가슴빛은 앞섶에 매달고서
노랗게 질린 얼굴로 이 하루를 접는다

쳇바퀴 같은 삶이 지치기도 하련마는
외줄 탄 아침은 소풍처럼 설레더라
기울면 또 찬다는 걸 잠시 잊고 있었네
　　－「달맞이꽃」 전문

'달맞이꽃'은 아마도 어둡고 그늘진 삶을 살 수밖에 없었던 어떤 고단한 인생에 대한 은유일 것이다. 그것은 "길섶에 주저앉아 막차를 기다리"는 삶처럼 그늘지고 소외된 삶을 대변하고 있는데, "짓눌린 만월의 무게"로 "어깻죽지 축 처"진 것과 같이 고단한 삶의 무게를 감당하고 있기 때문이다. 달맞이꽃의 환유인 "허허한 마른 웃음"이라든가 "곰삭은 가슴빛", 그리고 "노랗게 질린 얼굴" 등의 이미지들은 모두 고단하고 험난한 인생 역정의 과정을 암시하고 있다.

　그런데 시인은 '달맞이꽃'으로 표상되는 곤경으로서의

삶이 결코 비극적인 절망과 좌절로만 귀결되는 것은 아니라는 것을 발견한다. "쳇바퀴 같은 삶이 지치기도 하련마는/ 외줄 탄 아침은 소풍처럼 설레더라"라는 구절이 바로 삶의 의미와 가치를 깊이 성찰하고 있는 대목인데, 삶이란 일상의 지루한 반복이기도 하고, 위태로운 것이기도 하지만 여전히 무한한 가능성과 잠재성을 지니고 있다는 것을 내포하고 있다. 시인이 고통으로 점철된 삶에 대해 이러한 인식을 이끌어낼 수 있었던 것은 운명에 대한 사랑, 즉 운명애運命愛, amor fati와 같은 삶의 철학을 견지하고 있기 때문일 것이다. 그러한 긍정의 자세이기에 "기울면 또 찬다"는 자연의 질서에 의지할 수가 있는 것이다.

이상에서 분석한 것처럼 황순희 시인은 어둡고 그늘진 삶의 환경 속에서 고군분투하는 삶의 모습을 그리면서도 거기에서 삶의 의미와 보람, 그리고 심미적 가치를 찾고자 한다. 이러한 긍정적인 시적 태도가 있었기에 고난은 단순한 시련이 아니라 인생의 깊은 맛을 발효시키고 숙성시키는 계기가 될 수 있었는지도 모른다. 특히 운명애와 같은 삶의 철학은 매일 반복되는 지루한 일상, 그리고 조락과 몰락으로 귀결되는 삶의 국면에서 심미적 가치를 찾을 수 있게 했는지도 모른다. 황순희 시인의 시조 작품 가운데 가장 아름답고 빛나는 작품들은 대부분 사라져 가는 것들, 혹은 흘러가는 세월이 형성하는 어떤 심미적 가치라고 할 수 있는데, 이처럼 시인이 세월이 새겨놓은 무늬의 아름다움에 대해 천착할 수 있었던 것은 아모르파티와 같은 삶의 철학이 작동하고 있었기 때문일 것이다. 아름다운 작품들을 읽어보자.

3. 사라져 가는 것들, 혹은 세월이 새겨놓은 무늬의 아름다움

오래된 정지 한 녘 모지라진 칼이 있지
나랑 함께 늙는 기라 물주름 진 해변 같은
수평선 목에 걸치고 물 밖으로 나온 여자

누구를 지우려고 그리 깎고 또 갈았나
닳은 손금 다독이며 비린 섬을 썰으셨나
흰동백 바람 든 어깨 포개진 날 욱신하다
　－「모지랑섬」 전문

모지랑섬은 실제로 전남 고흥의 백일도에 붙어 있는 작은 섬인데, 이 시에서 그것은 어떤 모진 인생을 살아온 여인에 대한 하나의 은유로 작용한다. "오래된 정지"의

구석에 자리 잡고 있는 "모지라진 칼"은 오랜 세월의 흐름으로 인해서 모난 것이 닳고 해져서 둥그레지고, 그에 따라서 희로애락과 같은 인간의 감정이 무뎌지고 둔해진 순화의 감정을 내포하고 있다. 요컨대 그것은 이제 더 이상 세상을 해할 수 없기에 전혀 위험하지 않은 칼이 된 셈이다. "물주름 진 해변"이라는 이미지는 닳고 닳아서 무뎌진 그 칼이 수많은 밀물과 썰물에 의해서 물결무늬와 같은 주름이 새겨진 해변과 같이 아름다운 무늬를 지니게 되었음을 암시한다.

그 아름다운 무늬는 "누구를 지우려고 그리 깎고 또 갈았나"라는 시구에서 알 수 있듯이, 잊어야만 하는 어떤 잊을 수 없는 사람을 향한 그리움을 삭히고 삭힌 결과로서 마음에 새겨진 무늬일 수도 있다. 그러니까 그것은 보이지는 않지만 세월의 흐름에 따라서 인고와 체념의 반복으로 인해 생겨난 정신적 여유라든가 순응과 같은 달관의 정신이 빚어낸 마음의 무늬일 수도 있는 것이다. 물론 "흰동백 바람 든 어깨 포개진 날 욱신하다"라는 종장의 마무리를 보면, 그러한 삭힘과 순화의 과정이 순탄한 것은 아니며, 아직도 미련과 회한의 감정이 남아 있다는 것을 알 수 있지만, 그것은 견딜 만한 아픔이자 감당할 수 있는 회한이 되었다는 점에서 세월이 빚어낸 예술이라 할 만하다. 그러니까 모지라진 칼이라든가 깎이고 갈린 모지 랑섬은 인고의 세월이 만들어낸 심미적 가치를 함축하고 있는 시적 대상인 셈이다. 다음 작품은 소멸의 운명이 그려내는 아름다움을 담고 있다.

저 너른 이마로는 못 품을 게 없겠더라
머리에 하늘 인 채 깨끼발로 떨고 있다
하얀 깁 온몸으로 물고 드러누운 가막새

모래 한 줌 내뱉으며 바람도 서성인다
왔다가 쓸려 가는 물결마저 아쉬워서
가슴길 여닫는 것은 너뿐만이 아닌데

기어코 그 불덩이 삼키고 말았구나
버선발로 달려 나온 까치놀 저리 곱다
떠나도 빛나는 것들 붉은 파도 품는다
　　　　　　 －「바다, 하루를 갈무리하다」 전문

물론 이 시는 석양의 아름다움을 노래하고 있지만, 단순히 자연의 아름다움을 그리고자 한 것은 아닐 것이다. "저 너른 이마"라든가 "드러누운 가막새" 등의 바다에 대한 은유를 보면, 그것이 단순히 바다에 그치지 않고 포용력과 배려심이 많은 인격적 주체를 암시하기도 하고, 하얀 비단을 배경으로 누워 있는 검은 새의 모습을 통해서 심미적 가치를 지닌 존재를 내포하기도 하기 때문이다. 그런데 배경이 석양이기에 이 시는 어떤 소멸과 종결에 대한 아쉬움으로 가득 차 있는데, "모래 한 줌 내뱉으며 바람도 서성인다"는 표현이나 "왔다가 쓸려 가는 물결마저 아쉬워서"라는 표현들이 그러한 정서의 배경을 이루고 있다. "기어코 그 불덩이 삼키고 말았구나"라는 셋째 수 초장을 보면, 그러한 아쉬움과 안타까움이 절정에 달한 모습을 보여준다.

그런데 그처럼 소멸과 종결을 향하는 석양의 모습이 결코 비극적이거나 파괴적인 것으로 그려지지는 않고, 오히려 아름다움을 지닌 심미적 대상으로 포착된다. "버선발로 달려 나온 까치놀 저리 곱다"라는 표현이나 "떠나도 빛나는 것들 붉은 파도 품는다" 등의 구절들을 보면 시인은 소멸의 잔상과 흔적들이 아름다움을 간직하고 있다는 사실에 더욱 놀라는 것을 알 수 있다. 석양을 받은 먼 바다의 수평선에서 번득거리는 흰 물결인 까치놀을 바라보며 "저리 곱다"고 감탄하는 장면이나 떠나면서 아름다운 "붉은 파도"를 남기는 석양의 잔상과 흔적이 품는 아름다움에 대한 발견 등이 시인의 소멸에 대한 태도를 짐작하게 한다. 하루를 갈무리하는 바다는 주어진 여정을 마무리하고 소멸로 접어드는 한 인생을 대변한다고 할 때, 그것은 모든 소멸하는 것들이 남기는 아름다운 잔상에 대한 발견이 될 것이다. 짧은 석양과 같은 노후를 보내고 있는 인물이라면 어떨까?

새붉은 입술들이 와르르 쏟아진다
부석부석 시든 날들 자근대며 밟히는데
꽃잎이 떨어진 자리 아름답긴 매한가지

날마다 잠을 싸서 집에 가는 꿈을 꾼다
한때는 꽃띠였지 분꽃같이 단아하던
시계는 멈춘 지 오래, 방치된 풍금처럼

허기진 햇살 한 줌 머리맡에 걸어둔다
하늘은 저리 깊어 눈자위도 움푹하다
바람은 삭은 이파리 쉴 새 없이 흔들고
　－「요양원 86호」 전문

요양원에서 삶을 마무리하고 있는 할머니의 삶의 여정

이 지닌 의미와 심미적 가치를 그려내고 있는 작품이다. 시인은 "할머니 떠난 자리 시간이 박제됐다/ 텅 빈 집 앞마당에 널브러진 강아지풀"(「안부」)이라든가 "등 굽어 꼬부라진 봄 호미 되어 신음한다"(「호미」) 등의 작품에서도 석양의 노을 같은 할머니의 삶에 대해 짙은 애착과 공감을 표현하고 있는데, 이는 아마도 다음 작품에서 볼 수 있는 어머니에 대한 그리움 때문일 것이다. 이 시에서 요양원에 입원 중인 할머니는 "부석부석 시든 날들"이라든가 "분꽃같이 단아하던" "한때"를 회상하는 것으로 일용할 양식을 삼는다는 점에서 과거의 추억 속에서 살아간다. 할머니의 삶은 "날마다 잠을 싸서 집에 가는 꿈을 꾼다"는 구절에서 알 수 있듯이 과거의 삶의 터전에서 쫓겨나 죽음을 준비하고 있다. "시계는 멈춘 지 오래, 방치된 풍금처럼"이라는 표현을 보면, 그녀의 삶은 흐르지 않고 고여 있으며, 더 이상 아름다운 선율을 연주할 수 없는 버려진 풍금과 같은 처지가 되어 있다.

그럼에도 불구하고 시인은 "꽃잎이 떨어진 자리 아름답긴 매한가지"라고 하면서 할머니의 삶이 지닌 심미적 가치를 애써 강조한다. 그리고 임종을 향해 가는 할머니를 울긋불긋 아름다운 색채로 불타오르는 단풍에 비유하는데, "새붉은 입술들이 와르르 쏟아진다"는 표현이 바

로 그것이다. 곱고 산뜻한 단풍이 떨어지는 풍경을 전경
화하면서 할머니의 삶이 아름다운 낙엽과도 같은 가치와
의미를 지니고 있음을 애써 강조하고 있는 것이다. "허기
진 햇살 한 줌"이라든가 "저리 깊"은 "하늘" 등의 이미지
는 물론 할머니의 삶이 지닌 결핍과 추락의 공포 등을 암
시하고 있지만, 그것은 동시에 할머니의 삶이 지닌 따사
로움과 그윽한 아름다움을 시사하기도 한다. 삶의 종결
부분을 향해 가기 때문에 그러한 아름다움은 더욱 처연
히 빛난다.

물먹은 하늘 무게 허리가 휘청인다
바람에 베인 세월 구름 한 장 펼쳐놓고
손마디 굳은살처럼 깊게 박힌 옹이들

그 속은 텅 비었다 진액마저 내준 나무
지문 닳은 나이테에 먹울음 몸 누인다
검버섯 햇살 튕기며 고인 숨결 보듬고

다복솔 지천인데 그림자도 외롭더라
마음길 쓸고 나니 솔향은 더 진한데
저만큼 굽은 등으로 한 생을 진 어머니

　　　　　　　－「노송」전문

　아름다운 작품이다. 물론 노송은 외지고 그늘진 삶을 이끌어온 어머니의 인생에 대한 은유인데, 그 고통과 상처가 아름다운 무늬로 승화되어 세월이 그려낸 심미적 가치가 절묘하게 살아나고 있다. 이 시는 고통과 아름다움의 대비가 대위적으로 연주되고 있는 한 편의 곡조라고 할 수 있을 터인데, 예컨대 "물먹은 하늘 무게"와 휜 "허리", 그리고 "바람에 베인 세월"과 "구름 한 장", "손마디 굳은살"과 "깊게 박힌 옹이들"이 서로 대비를 이루면서 고통과 그것의 승화인 아름다움의 가치를 대변해 주고 있다.

　하지만 시인의 시선은 노송으로 표상되는 어머니의 삶이 지닌 아름다움에 더욱 주목하고 있다. "먹울음"이라든가 "검버섯" 등의 이미지보다는 "지문 닳은 나이테"라든가 "고인 숨결" 등의 이미지들이 더욱 가치 있는 것으로 수용되고 있는 점에서 다시금 그러한 사실을 확인할 수 있다. 따라서 "그 속은 텅 비었다 진액마저 내준 나무"라는 표현은 어머니의 고갈된 생명력을 내세우기보다는 아낌없이 주는 나무처럼 자신의 삶 전체를 자식들을 위해 헌신한 모성의 내면적 아름다움을 강조한 표현으로 이해

118

할 수 있다. 더욱 주목되는 것은 "마음길 쓸고 나니 솔향은 더 진한데"라는 구절인데, 이러한 표현 속에는 정갈하고 단정한 어머니의 내면 풍경의 아름다움뿐만 아니라 맑고 고운 향기를 발산하는 어머니의 인격적인 아름다움까지 함축되어 있기 때문이다. 물론 어머니의 표상인 "저만큼 굽은 등" 또한 추하고 가엾다는 느낌보다는 무거운 짐을 감당한 어머니의 삶이 발산하는 숭고한 아름다움을 응축한 것으로 이해할 수 있다. 이 시는 "노송"이 함축하고 있는 시련과 고난, 그리고 질긴 생명력과 품격 등의 자질들을 통해서 어머니의 삶이 지닌 심미적 가치를 더욱 강조하고 있는데, 아마도 황순희 시인의 이번 시집에서 가장 아름다운 풍경 가운데 하나가 될 것이다.

지금까지 황순희 시인이 첫 시조집을 통해 구축한 시 의식과 심미적 지향에 대해서 살펴보았다. 시인은 외지고 그늘진 곳에서 왜소하고 소외된 삶을 꾸려가고 있는 생명현상에 대해서 관심을 가지고 공감과 연민의 시선으로 그 신산하고 험난한 삶의 과정을 묘사하고 있었다. 가난하고 여린 생명이기에 풍요로운 삶의 조건에서 소외되어 생존을 위해 힘겨운 고투를 하고 있는 이 땅의 작고 그늘진 존재들에게 시인은 아낌없는 응원과 공감을 표하고 있었다. 그리고 이러한 시의식의 연장선에서 시인은 역시 힘없고 연약한 존재들이 소멸을 향해 나아가는 모습, 혹은 세월의 파괴적인 힘이 그려내는 광경에 주목하면서, 그것들이 지닌 아름다움과 심미적 가치를 발굴하려고 노력하고 있었다. 잔양과 잔상이 지닌 아름다움이라 할 수 있는 이러한 시조 미학은 시인이 진정성을 가지고 시적 대상의 내면으로 들어가 그 심정을 헤아리고 그것을 객관적인 상관물인 이미지를 통해 구현해 내고 있다는 점에서 감동을 자아낸다. 작고 그늘진 존재들의 노래를 대변해 주는 시인의 시의식이 더욱 그윽하고 웅숭깊은 경지로 나아갈 것을 기대해 본다.